U0058890

幻聽

青年之著陸
——「陸詩叢」總序

文｜茱萸

　　在此呈現的是「陸詩叢」，由六冊詩集構成。我們規劃並期望，於「第一輯」之後，會陸續推出更多獨到的文本；而率先問世的首批詩集，理應被視為設想中的一個開端。

　　揆諸現代漢詩的歷史，我們深知，基於「嘗試的開端」何其重要。而在這個文體一百年以來的發展進程中，「青年」始終扮演著至關重要的角色，現代漢詩的事業亦總是與「青年」相關——無論篳路藍縷的「白話詩」草創者，還是熔鑄中西的「現代派」名家，抑或洋溢著激情的「左翼」詩人，以及兼收並蓄的「西南聯大詩人群」，都在他們最富創造力的青年時期，開始醞釀甚至開始成就他們標誌性的作品。肇始於1970年代末的中國大陸「先鋒詩」，亦起始於彼時仍是青年的「今天派」諸子對陳腐文學樣式的自覺反叛。這是文學領域富有生命力的象徵。此後的四十年間，在漢語世界，這個領域借助刊物、社團、學校、網路等媒介平臺，源源不斷地孕育出鮮活的寫作群體與個人。

　　作為此脈絡的最新延伸點，出生於1990年代、成長並生活於中國大陸的年輕的詩人，在本世紀首個十年的後半期，開始呈現出集體湧現之勢。轉眼間已有十年的積澱，先後誕生了一批富有實驗精神的創作者。出現在本輯的六位「青年」——秦三澍、薤弦、蘇畫天、砂丁、李海鵬、穎川——即處於此最新世代的最具代表性的序列。

　　這幾位年輕的詩人，已在北京大學、復旦大學、同濟大學、中國人民大學、中央民族大學等中國大陸知名院校完成不同階段的學業，經歷過漫長的「學徒期」，擁有多年的「寫作史」，並已積攢了數量可觀的作品，形成了頗具辨識度的寫作風格。同時，他們亦獲得過不少權威的獎項，並在文學翻譯、批評與研究等相關的領域裡亦開始嶄露頭角。可以說，他們是一批文學天賦與學術素養俱佳、極富潛力的中國大陸「學院派」青年詩人。

　　憑藉各自的寫作，他們六人已在同輩詩人中占據了較為重要的位置，經常受到來自各方刊物與學院的認可，並擁有了一定的讀者規模──然而，由於機緣未到，在兩岸四地，他們的作品都尚未正式結集。所以，本次得以出版的這六部詩集，對他們來說，具有非比尋常的意義。大家的關注和閱讀，更將是他們未來所能睹見的漫長寫作生涯中的第一個重要時刻。

　　這些詩，以及它們的作者，對臺灣的讀者來說，肯定還非常陌生。他們來自中國大陸，得以湊成一輯的作者數量又恰好是六（陸），於是，我們乾脆將之定名為「陸詩叢」。他們平均在二十七、八歲的年紀，是十足的「青年」，在中國大陸，則通常被冠以「90後」的名目。但這種基於生理年齡的劃分，目前看來並沒有詩學方面明顯的特徵或脈絡，能夠使他們足以和前幾個世代的詩人構成本質上的區別。因此，毋寧從詩人的「出身」及「數量」兩方面「就地取材」，以之作為本詩叢命名的便宜行事。

　　機緣巧合，此輯作者的社會背景與寫作背景均較為相似，但這並不意味著詩叢編選者的趣味將要限制於特定的群體。相反，正由於此前因，我們遂生出持續編選此詩叢的設想，擬遵循高標準、多元化的原則，廣泛地選擇不同背景與風格的作者，陸續推介中國大陸更年輕世代（繼「朦朧詩」、「第三代」、「九十年代詩歌」以及「70後」

等之後）的詩人及其寫作實績，以增進了解，同時促進兩岸的文學交流。但詩叢之名目既定，以後所增各輯，每輯僅收入六位作者、六冊詩集，以為傳統。

　　本輯六冊詩集內，除詩作之外，另收錄有每位作者的詳細介紹和自作跋文，更有他人撰寫的針對他們作品的分析，出於體例的考慮，此處便不再對他們進行一一的介紹和評論。我願意將本次「結集」的「集結」，視為六位中國大陸青年的詩之翅翼初翔後的首次著陸。

「楊梅宇宙，溪水狼群」

目次

輯三｜新雪

幻聽

俗世

而何處演奏過孤絕的雪，畢生
在漫漫音叉的曠野上竊取夜寒？
辰光稀少，何處也有過孤絕的你

純淨的時刻

時值盛夏，有人向廁所灑一把釘子——
那是空腹中有汽水的琴手躞步走來——
沿樓梯昏暗的膛線他在準星裡站穩——
球場灼亮，搶食蚱蜢的人沒有面容——

我有無數位鄰居不缺乏千百類怪癖
可是琴手，琴手，為何你獨獨又少又遠？
昨夜發情的母貓，疑已懷上野種
當我注視良久，何物回以凝望？

2018.5，深圳

回首

寒冷的時日，我等待你已然太久
細雨中孩童正哭喊，當暮色消弭

誰是長居於右邊的人？誰所鍾情
的逗號，醒來時日日教人顫慄？

在飄飛的霧裡誰墮水？誰在水底
想他未來女兒的美日漸稀薄？

「吳語聲聲你的崩潰在哪兒崩潰
我的轉身就在此地要被迫轉身」

寒冷的時日，原諒我──
是你令我長生猶如現象──

你所鍾情的逗號，始終難以畫成圓
我也不再學你，向未來求歡。

2018.9.18，上海

晚宴

已是新的一天了，城市也迎來新語言
未曾現身的雨具，像蝙蝠在暗中期待

聽見嗎：當的士游過路口，那異響
彷彿海的聲音逼近落水的船員：
迎來又送離，也擦亮隔岸低空的冷

遙遠。此刻對望的幻景，也有一瞬間
奇崛、陡峭，斑斕如冥想的晚宴，但
──風暴擁有它克制的美德

可那究竟是什麼樣的聲音？迎來
又召喚？仍還在叮咬、追逐，不放過
茫然無窮向黑暗伸出的每一雙手？

是的，晚歸者收傘的動作無限長：
只還有寥寥數人，在寒雨初降的夜。

2016.11.25，深圳

追問

從湖貝路到湖北路，在這音調的
撤退中可有性命在消散？大塊的冰
從市場被運到了醫院，要遭遇鐵鉤
古玩城的不朽僅剩三天，果然式
已收回它濫情的表白；從留長髮
步履輕逸的人，到頭戴鴨舌帽
背著雙臂的人，在這身姿的奮進中
可有姓名在消散？封存的氣候
到來時，拒絕分配和藹的笑容
與其再退到「湖杯」，不如想想「湖」
有多激進，更令人確信：在深圳
和上海的天橋間，必有生命將重返。

2019.7.19，上海

窗口

如果廣場中央有舞池會怎樣？
我多麼想毀掉我自己。
埃爾法，你令陌生人開口
讓白球也起飛，你讓頭髮
耽於更長和更捲。如果舞池
從戰場上撤走？很多人注視
沒有人看見：當灰燼劃亮灰燼
毀掉你，卻將愛——挽留
那更響的伴奏是為了讓你
在更響的沉寂中聽到你自己
像上帝也需要舞池，卻又把
話筒也遞還。一層一層
擲出的飛鏢點名你去跳
「Windows」，你換了位置
但並沒有英語在邀請。

2019.7.21-7.23，上海

天使學入門

　　迸裂的聲音，越來越逼近，越來越響。暴雨襲城那一瞬，究竟有多少身形鋒利的閃電，在夜風揮舞的百科全書上一頁頁篆刻新常數？多少人夢見了相同的幻景，看見夜空打開一道雪白的大口子，好像絕望要離他們而去了，帶走一切逝去的時辰？你猜想從黎明黑暗的縫隙中正飄落著羽毛，降臨時恰巧是巨雷。

　　該來的沒有來。劇場落幕後只安靜了數分鐘，天色就青了，太容易便聽見鳥鳴和屋頂零星的落雨，夾雜著小轎車劃過潮溼路面的噪音時近時遠，偶爾有男人言辭不清的叫喊——日常又回來了，這些無聊的聲音。失眠者難掩失望和厭棄。但在古卷為人所遺忘忽略的章節，悄悄有新的劇情出現了嗎？那位起先毫無個性的角色，忽然在某個與他毫無關係的橋段中，在過路時站定，念出了全新的獨白，突兀地出現在憑空增加的那一頁上：「這是你學習羽翼如何連上背脊時所必須掌握的三條法則。這是永不再有恐懼的三種祕密咒語。在第三層夢中，一旦有迸裂的聲音，那是你必須留心跳躍的時刻……」

　　烈日喧嘩，黑色的永恆之書已經合上。「我們再回來：天使學入門。」

　　2017.6.16，深圳

幻聽

　　空茫的時日。一顆顆山竹就這樣躺在潮溼的陰影裡，日漸腐敗著也無人在意。沒人想動它們。屋裡聽見的雨和出門觸到的不是同一種，卻又幾何般對稱。

　　友人們面前都立著層霧氣，透光但極厚、極緻密，以至能看見脣在開合但聽不見任何聲音——有物件碰撞摩擦的響動，有一切日常的背景噪音，但獨獨沒有人聲。

　　獨處時你似乎擁有著更多的人。大雨像一扇巨門被推開，推向更遠處。你屏住呼吸，不時擔憂著它會傾覆倒下。

　　2017.6.22，深圳

海上

「你我的區別，就像松鼠
和高高的水杉，飲雪的人與砍花的人。」
昨夜燈光穿過雨水，落在這海的城市。

他整夜
聽著眾天使們輪廓消失的聲音
想像他們越過夢裡的燈塔、屋頂和餐桌。
堆積如山的鯨魚僅僅是一次道別。

「我沒有我的船。我的岸在喊我。
我在赴約的路上，遇見另一些溺水的我
平靜而安詳，並不期待救援。」

天亮後，他去看退潮。
一個人，涇著身子，他看藍色的雲。
那從高空降下的光線不斷延伸著
在某處，在一個最低的角落
暗中洗亮所有過去的失敗和沉淪。

「昨夜燈光穿過雨水，落在這海的城市。」
海水起伏，托著他一生的睡眠。

2014.3，上海

反預言書

陣雨後的車站升起魔方。
聲音扭轉入聲音，陽光摁扁積水的薄膜
第五具肉體送走了氧氣瓶

艾爾法：斬夜人，古典
英雄主義的迷戀者，隔著厚厚的
雲霧望向天淵，被毀滅所吸引

那雲上的血跡，撩人地變幻
彷彿預示著：風
吹奏過姐妹們裸露的鋼筋，讓她們

體內的廢墟也收攏起浪濤，化為
一座全新的格爾尼卡。艾爾法，
靜物紛紛朝向你的門。你的門

從三階一躍升為五階；來自天鵝的詛咒
擊潰你手捧的器皿。陣雨後的車站
沿著滑翔軌跡，魔方展開懷裡的預言：

「我和我，端坐其中
被隆隆的白──吞沒。」

2015.9

偽輪迴史

當無限逼近，一位年幼的世尊正醒來：
「引力邀約我，領我回到火山的清晨。」

每一次反轉中跳躍，玻璃傀儡閃亮的肉身死於日常
他們反覆輕淺的重生，也在演繹中消逝，並沒有

和解的顏色

2015.9.28

波紋

種種道別

什麼是我們聯手毀掉的？

讓我告訴你：
每一夜，每一個黃昏，每一種愛
都被我說成了死——這是怎樣甜蜜的潰敗啊
所以我知道，我夢見：那些鮮嫩的幽靈，懸浮著
　　　　　　　　　　　　完美以至於色情
你，像先知在下墜
緩慢而迷人，沉溺於消逝的永恆

那從幽藍的火焰中，向我們不斷
襲來的，讓我對你說：是更深的藍
永世翻動的海；呼嘯著，一浪一浪
　　　　　　　　　　昨日淺淺的吶喊
一種龐大的空無
轉向它自身，輕輕傳來金屬折斷的聲音

什麼把我們隔開，就讓我與另一個你
結合；那在深淵上空熄滅的，也曾在黃昏盡頭
閃耀過；什麼把我們留在
　　同一片水中，就要用一模一樣的藍

來洗滌和淹沒；你我聯手毀掉的
　也在未來荊棘的頂端旋轉著相融
　你已經不再有色澤，你已經不再有樹，不再會沉溺
不再有風搖撼著暴雨，水滴穿破敗的石頭，不再墜落
我把我想說的說完就離開，不再有你的一半，消失在
你的另一半中
　　　　　　　　因為向內就等於向外
而疼痛也總有遺憾；因為二總能回到一，一
總能在浩渺的心上打開無數扇門
　　　　　　　現在，讓我邀請你──
無數的你，每一個你──走進去
　　　　　去那驕傲的無人派對
交換鑰匙、硬幣和陀螺；在我們彼此的鏡面中：新的語言
因沉淪而開啟，熄滅的一切再次高升，愛情
重又斷送了死亡。只有碎掉的
　　　　　　　還在碎著，毀掉的仍舊是毀掉。它們一個
連著另一個，如我心愛的天鵝成群赴死
　　　　　　　　　白雪般極限

2014.10，懷友人，兼寄張棗

四月

承諾就是：我不能。

——砂丁

我和母親從電影院裡走出來。我們路過五卅事件紀念碑。人民公園門口的長椅上有位老人
獨坐著聽收音機，聲聲傳來不知名的京劇。我們和一些人反向而行，穿透並共享著
彼此稀薄的陰影。他們消入遠處的光源。

我很瘦。我並不屬於這個地方。整個夜晚我試圖不去想像消失，而消失
是我們永恆的事實。我來看你。並非因為我不願意而是因為
我不能。我說並非因為它們微不足道而是因為

我微不足道。說出是我的羞恥。母親漸漸落到了後面，我停下來

等她，我開始想像她更年輕時的樣子：她和另一個年輕

而無比英俊的男人站在風裡，彷彿那是他們此生

最後的機會。我們進電梯。左側的門三天前剛被修好

幾個醉醺醺的德國人，在某個凌晨，在上升

至二十幾層的時候撞壞了它。那是出於

某種憤怒而絕望的戲謔嗎？我轉動鑰匙，外婆

已經睡了。我們回來得晚。深處的黑暗向我們

招著手，邀我們回到它溫暖的巢裡。而你

幻聽：穎川 詩選

在哪兒呢？你用用消失把我們分
開只是為了用同樣的方式讓我們最終
連成一片嗎？

夏天就要來了。

2014.4.9

蒼白史

1

正午的黑暗，降下來了，像是
　　　　　一顆子彈躺到睡蓮上。
像黑貓於半空扭轉腰身，一個男人
陷入了女人的膝蓋。（她縱身
從懸空的三樓走廊中跳脫）
「噁心包圍了我們；而你的
白裙子，正吸引著更多的風聲。」

降下來了。
像一頂假髮，空心巨傘
像夏日病歷中比死亡更薄的一頁
（她飄著，在樓道的內壁）一種
原始的雄性力量緩慢侵入著女體
新世紀黃昏的腥味
正輕輕挑逗著眾多的鼻子。

鼻翼被擊穿。她絕世的光滑
令一些人腿軟，一些人
產生肉質的幻覺：「你為什麼不剃個光頭？

你那東西倒像個性器；你把它綁到水杉上示眾
便足以洗清一整排板斧。」而生活
是完美的：更多的白裙吸引著更多的水漬
黃昏有人遭遇兩具新鮮的骸骨。

完美的生活，脣語製造著黑暗
在室外，一切陰影源自病歷之專斷獨裁
（透過一塊冰，她陷入水泥但僅僅是昏聵）
降下來了——草叢之血盛開如歷史的鮮花
「他們是大量虛弱而透明的現代天使。」暮色
彌漫，一個女人終將離開自己純潔的鎖骨
連那空心的翅膀都降下來了。

而她，漸漸失去了血色
（不再有任何奇蹟發生）「老去以前，請你
重新擺出一個少女的姿勢；
當愛的泉水湧起又落下，誰
能用健全的臂膀將它截停？」哦終於
傳來一陣訕笑；哦終於，男人起身替她
繫好裙子擦掉水痕；哦終於可以愛她了

而她捏著暮色寬大的桌角從某個三樓窗口

2

3

正是這最後的白奪去了一切絕望的理由。

2013. 5－7

兩個男人

從來沒有過如此純潔的
經歷。父親和我，我們在陌生的領域游蕩
滿滿的一大片水塘，只有中央一條狹長的木板浮動
可以站人。父親高興得發瘋，又踩又跳，把木板
都踩得粉碎，露出蒼白的河面。（這地方安靜得
彷彿全世界都埋在底部睡眠）
別在這踩啦，我說，到前面
硬一點的木頭上去，那裡牢靠些。
我們就貼在溼答答的木板上不斷向前滑行
旋轉，像兩條瘋狂的海豚。中途我失控摔到水裡
（我會游泳。在我十二歲的時候是父親
教會了我鰭的運作方式：
他托著我的腹部好讓我劃手。）我在原地
打了一個轉，向前又游了三截尾巴的距離
父親突然從木板上站起來。他看上去快樂得不可思議。
草坪，他說，終於看到它了。我跟著他
我們越過高高的雲層徑直撲上去，這片充氣艇般
乾燥的草坪一下就被我們壓扁，耳邊傳過嘶嘶的風聲。這是我
度過的最美好的夏天，父親說，這地方真是值得一來。
我看著他，水珠在他鬈曲的頭髮間閃著光，他沒有看我
彷彿童年，彷彿從來沒有過

如此平靜而純潔的時刻。我站起來
我感到輕薄的痛苦。

2013.8.27，清晨

木刻師傳說

水是不能喝的，空氣在閣樓內
等於不存在。被酒澆灌的吊蘭
茂盛。下午三點，響起念佛聲。

他推開屋門時，遍地都是桂花、羽毛
和橘子的屍體。他坐下，繼續刻木頭。
他測量、雕鑿，像在施展二十一世紀的

某種古老巫術。小城永遠都是空蕩蕩的，
如同魚罐頭，時而飄過一些灰白的鋁片；
每到黃昏，一旦蝙蝠的陰影掠過他堅硬

而不反射光的瞳仁，鳥類的血液就流回樹幹。
他的手掌與指甲，紋理清晰，但並不鬆脆。他只刻木頭。
他修築甲蟲的廟宇，擅長刻畫狼群淌過溪水的姿勢，偶爾

還製作一些過往愛侶的袖珍肖像。下午六點，除去唸佛聲
整個宇宙只有雕鑿的聲音，甚至沒有顏色，甚至沒有氣味
甚至沒有水，沒有重力。木刻師，他只刻木頭。他在時間的

腐蝕中觸摸世界的輪廓，他熟識底部的一把斧頭。他在變小，
他在變暗。木屑每隔三天淹沒閣樓。他試圖忍耐創世就如同
試圖原諒末日。（他記得硬幣被沸水溶化，荇草輕易掀翻火車）

他記得：「在地獄門前擋住所愛之物，並且活著絕望的，必是勇士。」

2012.11.1 － 11.13

教室禮讚

——「同學，請帶上門。」

放心，保溫杯裡並無小矮人
薄霧經過了窗櫺。探頭調轉方向，面朝後牆——

放心，這石灰壁壘頂端狹長的裂紋
與閃電並無血緣；而那低處的汙言穢語

也不過是手書的斷代史（來自歷屆學生
過量的荷爾蒙），這些都不構成威脅。所謂威脅是瓷磚

與寒氣聯手，是冷光燈下講師的輕嘴薄舌
令所有人陷入一場崩潰：「就是你，請說普通話……」

頃刻間，風扇已然逼近地面。窸窣聲，劈啪聲
繞過門框鑿擊著玻璃。霧這麼大，那女孩的新裝束

像草莓乾。那老舊的木椅吱呀響著。「你是倒數第二個
還讀得進卡夫卡的人，像在樑板裡撲殺小矮人的罪犯。」

投影儀啟動。來自晦澀光線的逼視才是真正的
威脅。（螢幕突現比例崎嶇的大塊岩石）你的喉嚨上

陡生裂紋，彷彿來自柔軟的銳器。你手無寸鐵
卻心生歹意。廣播，音箱，懸空的發聲器官欣喜若狂：

「請說普通話，普通話是某人的職業語言。」
哦講師你終於闔上課本了，壓扁三根手指，又充了充

氣。（這場景倒與敘述口吻極不協調）傘未乾，坐姿
便毫無美感；字跡未乾，而筆墨卻已窮盡。小矮人

小矮人，小矮人。超乎想像，如同冰霜瘟疫般侵占了整座房間：
「同學，請節約用電，隨手關燈。」

2013.4.26

浴室奏鳴

——「蟾蜍的舌尖。」

他張開魚鰭，抖落幾粒沙子；
凡嗜甜的兩棲者，必有脫水之風險。

（今晚局部有熱雨，可療外傷，能見度低。）

「我想我得趁霧氣尚濃時悄悄
完成某些儀式，或謀劃一場不算光榮的革命

比如砍花、飲酒，比如把肥皂
都捏作磐石的形狀，在下巴裡養幾條淡水魚。」

（雨量中到大，氣溫漸升；水中有鹽，空中有流血的鱗片。）

他撥開鰓，輕輕拭去淤積的雜質
溼氣到水溝為止，熱量卻無邊緣

「我還要咒罵一條艷麗的雌魚
為她哭，踩著毛毯和魚骨誦經

在隱形怪獸體內，一切放肆的胡話
都不過是雪和琥珀，沙礫……氣泡……」

忠實於痛覺的下場是，休克；倉促貪婪
在焦急中他喝著洪水，消化自己的骨骼：

「看不見雙手，我還需要更燙一些
再燙一些。直至膚色透紅，散發香味。」

（空房間。大霧。沒有活人。）

2012.12.12

波紋

颱風在前，拉拉隊長乘著飛鳥
躍入水中的日蝕。一次痛楚讓愛滋生更多

秋天，夕光中不再有人
舒展雙臂，因幸福而沉默。「肌膚像白銀，卻有檀木

肢解的聲音，絲絲碾過每寸骨骼。」秋天
有女人在大雨中窒息，受困於一場漫無休止的

擁吻；一捧燃燒的雲，一段切開水面的亮光，一艘艘快艇
滿載著靚麗的小拉拉隊員，衣著單薄，隆隆駛向秋天最深的

落日和海溝。

2013.10

Spider

「八月，暴雨受困於我空洞的顱腔。」當閃電
從塔的尖頂收回觸鬚，你將游動而隱遁。

半個夏天有三枚蘋果被螫，貧血男子
趁機施展照明法術。在多足生物所運來的
標本般的液體和光中：一對嬰孩，瞳孔吸收奇異的雲。

一些瘦弱仍逗留胸前，影院的轉門
在水中塌掉了。十字路口樹枝蔚藍
你掛皮靴，摘絲襪，開鑿游泳冠軍童年的假牙

安全嗎？深夜你獨自把弄私藏的事物。當
巨龍叼起某物躍過一座漂浮的孤島
艾爾法，你始終未能爬出杯沿，探入九一年虛無的黑暗。

2013.8

毀滅，她說

「夏天是木頭做的。星期六，身體
要失去控制了
你來。你要比雷雨更稠密，更深入，更慢地來
更難於被忘卻——

「水珠摩擦著我們日趨乾裂的身體，我們被拯救
讓我們把棕紅的手指挪開——
死亡用靜電持續煽動與誘惑
要我們順從。

……
此後新的言語我再也無法聽清。
艾爾法，你清楚這一點：
整個夏天我的臉頰總有些燙。

2015.9

新雪

三

暴雨頌

傍晚，曇花在暴雨中起身
大地掀動著，彷彿魚鱗
讓靜止者流動，流動者靜止
讓曇花開成仙鶴，一躍飛出屋簷

即使是暴雨也無法逾越水築的高牆
——它來自自身。即使在某個焦灼之夜
低聲呼喚，它也無法隨時現於體內
「你是一種混沌，來自一種暗。」

路面如鏡，車輛在雲間起伏
行人於半空不時被雷聲驚醒。而雨水
使麻雀溺亡，梧桐環繞著生長
燈光愈來愈輕，草木漸行漸遠

暴雨來自歷史，它是祖先的情人
唯有它同時容納蟲鳴和機械之聲
淤泥和鐵橋，電線與窗臺，酷暑
和酷暑的反面：「它們相聚如王國

覆滅如王國，暴雨。」暴雨終將借雄獅之口
喊出天使的名字。「讓我被天使的沉默
擊潰。」被下落的果實擊中並賦予原罪
暴雨，一場空難，一陣溫柔的子彈
每一隻鳳凰都曾以水的姿勢墜向大地：

讓大地成為光。讓失語者穿越
這從不應答的喧囂
和晦暗。「如果訣別是以水殺身
那麼你說吧。說我們靜止，我們流動
說我們潔白如俯身相愛的赤裸曇花。」

2013. 3. 5 — 7. 21

新雪

——寄臺北

這一夜已經消失，我已經
完全把自己交給了空茫。
這唯一的
嘴脣隔著小片海，薄薄的
像一對燒焦的羽毛。

這白色的上海不說話，鬆動著
就要在今晚沉沒。夢境之光朝向你，讓我
也隨著它一起降下去。喑啞天使們
在空心城市的海岸上環繞著吟唱。
每一處腫脹。每一段發燙的指節。

就要望見你，來自一位無比溫順的
全新愛神的瞳孔：一些遠去的姿勢
在冰雪中躍過疾墜的灌木和三孔石橋；
你是多麼的小啊，像無法拒絕的精靈
閃爍在冬日。冬日，這不再寒冷的季節

也不再有什麼脆弱，能把一個人
分成兩半；把一個世界分成兩座
互不交談的島。而如今所剩的
還有傾注吧。還有冰涼的羽毛紛紛落下來
步步把你從更深的海裡領回來

在所有未來和水的陰影裡，在愛神
瞳孔嶄新的結晶中，就要望見你
你踩著沙子，點數浪濤和魚，你說：
都會有的。所有消逝，所有夢中擁抱的時間

在翅膀下，閃著光，是我永恆的陪伴。

2014.2.14

失蹤的人

「很遺憾，我們不知道
有誰長得像你描述的那樣。」

——巴利‧科爾

海棠都開了。少年們踏著新型滑板
撲向嫩綠的人工草坪。我出門找你。

你的天使也沒有見過你：「白饅頭和小餛飩
是絕配。白饅頭甜，小餛飩肉鮮。」

他說罷便飛過馬路，直到遠得像一顆
籃球，飄往塑料的天空。失去了你的名字

這唯一的線索，要在新千年的廣場上
找到你，已近乎不可能。每個女人都有著同樣的臉

同樣緊閉的雙眼，右手捏著
櫻桃，左肩落著破碎的海棠，「你為什麼不問我？」

「你要我說什麼？」「你為什麼不觸摸我的
血？」「因為你不是我要找的人。」「而海棠是什麼？」

我以為雲層變亮時，就應該出門去找你
在時代的人潮中認出你，捉住你。即便要消耗

那麼多流水和白光，要吞下那麼多藥片
來支撐日漸羸弱的軀體。在巴士急速駛過

成都路的剎那，在海棠天使般墜落的漫長瞬間
我看見紅光一閃，有人拋出一個礦泉水瓶

我感到渴，並且有了歸去的決心。

2013.4.1

雨必將落下

嘿，你看今晚的愛山廣場
它溫順得
像你的身體——我的前妻
你燙直了鬈髮，你的鎖骨上
有粗心的冰淇淋。嘿，你咬一口甜麵包
你聽，那生著毛邊的爵士樂。你愛它們嗎？

（水位上升，昏暗的記憶像成噸的石塊
漸漸被淹沒、雪藏，偶爾在漩渦中裸露。）

我們回到這座城市，彷彿街邊的青銅雕塑
緘默而有光澤；和閉門謝客的席殊書店
一樣曖昧。「而我曾是個短腿的啃書青年。
抱歉，我的行走不過七站路。2路車去，
1路車回。乘車猶如駕駛風。」*如果
下起暴雨，就到駱駝橋下，去看海吧

（水位下降，想起二十年前，你的左眼
湧出彩虹瀑布，右眼如窗簾般唰地合上。）

「你追到當年的夢了嗎？」陰影在你背後
生長，彷彿推倒一棵樟樹。「好吧，
是我錯了。」錯就錯在對許願燈的忽視
或放縱。即使有人，重新回到那座橋上，
即使有人徘徊著呼喚多年前的吉他少女

結局仍無法挽回：雨必將落下，
必將輕易蓋過空洞的足音與歌聲⋯⋯

2012.10.26擬，2012.11.12改訂
※注：「開車猶如駕馭風」——蕭開愚

霜降以前

下雨了，細小，但卻很冷（意料之內）
彷彿一個過早來臨的冬天，幾乎
不可理喻；兩塊錢的烤紅薯無法將溫暖
帶給頸部以下的身體。於是你只能奔跑。

晦暗籠罩了這片校區，駛來的遠光燈
使你看不見任何樓宇。有情侶同披著
一件襯衣，踏著泥土快速穿過胡瑗廣場。
低矮的野草邊緣閃著光，它們屬低頭

不懼寒冷的趕路人。而你只能奔跑。
（你聽見了什麼？）你是那抗拒著宿命但篤信
輪迴的人？「寢室內的熱水器
可以開工了。」「如果有零碎的時間，
再折一朵川崎玫瑰，愛她的褶皺和裂紋。」

「他們曾裸著身體在海邊飛奔，踢開貝殼和月亮，
十指緊扣，忽視著目所能及的黑暗。」而現在
你只能奔跑。你彷彿聽見夢中全是暴雨，赤著腳
泅渡盛大的白雪沙漠。「它存在不過五秒。」

再次醒來已是
正午，明媚而布滿暗斑。「那裡，
還在下雨嗎？」你想著，翻過身，
世上再無絕情的人。

2012.10.24擬，2012.10.25改訂

在雨夜，靜物

剃鬚刀，起霧的鏡面，一本《動物農場》
瓶狀建築
倒向右側，使木桌漲潮。

今夜，靜物的內部
有波濤，也有橫生的蕨類植物；
而木紋預示著屋內，某處
將誕生一場微型颶風。

奶奶端上一盆楊梅，如同一些緊貼著彼此的
天體，輻射出猩紅多汁的夢。
屋簷落水，你彷彿捕捉到
多年前一個嬰兒瞳孔中的懶散。

今夜，還有多少虛構的細節
未被描述，就已經溢出。
你看見啤酒泡沫在不停泛濫，可觸
而不可及。

2012.7.15

啟示

夜裡她的小腹上方
飄過一塊鈉，
光芒滑到了毯子外面。
起伏的藍色的膜，包裹著
一件小東西
一顆小水珠

天正亮著。水中星辰和高高的積木
被一道光推向兩側，推向
翼龍孤獨的胸腔：
「空空的，焦急中
你嚐到霧狀的血腥。」

曙光咬住右耳垂。毯子，
被什麼東西頂了起來。

2013.7

不朽，或殺身之愛

這樣的夜晚本不該說到水的：
擺渡船是一枚被棄的黑子。

她現身時，像一柄木劍伸入湖面。她
淌水的指尖：
「流浪人，載我去閃光的對岸。」

靜謐的法則，沉沒的槳——
而這已經是楊柳枯萎的夜晚了，
「再沒有人能使善良的刺客送命。」

2012.9.29－10.6

查海生自述

漆黑的夜裡我是唯一坐在暴雨中刻木頭的人
饑餓時，我用刀尖的毒剔出蘋果的毒

多麼鮮艷。夜白如晝，吞下閃電這枚
小小的膠囊：時代之血便灌滿我的雙臂

「感到痛，就能夠忘卻來世和遺憾──」
「是誰說，你的刀，正深入黎明的烏雲叢中──」

漆黑的夜裡我是在暴雨中叩開嶄新棺木的人
你可知道，水中站立的猛虎，遠行的猛虎

有一隻為愛而死去。你取來一個蘋果放入體內
潔淨而潮紅，彷彿不曾老去的處女，從未現身的鳥

2013.3.22

小年，夜讀科塔薩爾

——贈L君

是你，你來自1914年的
阿根廷大使館
你是一隻叼菸的棕毛狐狸

北京西路，年末的月光推倒了大廈
你吞食霧霾，偽裝成一把冰刀
來回竄行於返潮的急診室間

首班公交不坐人，卻載滿幽靈
昨晚拋下的木錨，剛剛碰到地底的黃金瓦罐
時候到了，失眠者開始劇烈頭痛

草坪中央，銅質牛群忽然站起來
唱：「就是這樣，日出之前
必須耗盡體力，並且流掉足夠量的血。」

而你，你得趕回到一張紙裡了，以免
起早貪黑的上班族，被你飛舞的尾巴擊中。

2013.2.3—4

魚鱗在二十一世紀

有些事物於粲沿輕輕滑動一周，便有火星四濺。三匹虎鯨尾隨捨人過曠野；

迷霧中斷了光的蔓延之勢。星空下

遠古小蟲不可尋，灰白色岩片豎立如薄冰。

「如果這些只是錯覺呢？」想起前夜的失魂落魄。

當鱗片紛紛倒落熄滅——窗臺上

黑鶘赫然的染血爪印，高腳杯生出樹狀裂紋，化石拇指因胃折而發出一聲脆響。

2012.6.24

傳奇

把一個少女在虛空中墜落的過程，想像成
深夜龍頭持續滴水的軌跡；
把一柄折斷在記憶中的長條木劍
交還給靜候多時的巨大手掌。

五點五十分，我安睡
在白堊紀的冰層中，
在仁皇山頂一朵橘色的薄雲上——如果
響起鳥鳴，我會以為那是一封錯過的來信。

2012.11.16

磨合

1

「磨合就好比是交合。」他們
（不是我們）修剪多餘的枝蔓
將彼此填滿。淡藍色的光
穿過臥室，滑入澡堂。
「儘管我缺乏經驗。」（親愛的）
藤蔓早已經爬滿了藍色的牆。
整幢小屋，中午稍許炎熱。他和她
（不是我和你）一個正安靜地躺著
企圖向吊燈妥協；一個卻站在溼透的叢林中
凝視著冰塊和泡沫。升起
並彌漫開來的物質是水，
使他恍入夢境的是泡沫中的未來。

2

大火劈開鐵門。如果無法一起享用木桌上
那顆喑啞的櫻桃，我便無法與你相擁到死。
「那就任憑它浸透床單，淹沒地板吧。」（親愛的，
這回該輪到我們了。）

2012.4.23

悔恨

我終於流血了，但受傷的人是她。在一顆碩大的齲齒中
我們相擁在一起聽滴水聲，聽某物輕盈的喘息聲，聽
羽毛切割失足者的嘶嘶聲。

被切割的人是我，但
失血過多的是她。鐘乳石終於觸碰到我的頭髮：
「失足者已落水，門外已是冰川，有些
事無法再繼續隱瞞了。」

2012.6.27

抵達之路

在水的道路上鋪碎石頭，於乾旱的裂縫處
種植將死之花。對此，我同時懷有嚮往與警惕
我同時拋棄了肝膽之痛和興奮的顱腦物質。

「請在酒之湖的中央呈現皮膚下的脈動，
請呈現你的抵達之路。」
我收攏魚鰓，生出四肢——
不再是兩棲動物，我爬上野風吹著的灘塗。

2012.6.10

在十二月

你要來看我。

「我經受過幸福的閃電，
它是黑色的。」我所能說的並不多。

死在海裡的先行者，死在海裡的
愛人。你要來看我。

水是唯一下降的命運。而我在這
埋紙的地方，埋人的地方，渾身

長滿白霜。「我對依舊熱愛的
一切，都產生過恨意。」

你要來看我啊。你要為我驅趕
血的氣味。透過一截光，一段木頭，

你要喊出我的名字。

2012.12.17－18

夢境

出生以來，細雨沒有停過。
我時常呆坐湖邊——
聽陌生少女輕盈的腳步聲。
在環繞，在逐漸遠離，
水紋蕩漾，將聲音輕輕托起。

許多年，我一直聽見風穿過陌生的草原，
不斷有樹葉被切開，飄落到水面。
細雨不停地下著，空氣偶爾會突然震動，
恍然閃過一些相片，由白轉黑，
被陽光塗得幽暗。

這是現實。花那麼年輕，
那麼脆弱，那麼容易被忘記又那麼容易
被拾回。冬天，我的手指結霜，
開春時我用回暖的觸覺寫詩：

「我永遠是盲的，不停地犯錯。
雨水中，洗不淨天生的誠懇與罪惡。」

2012.2.3．2012.2.13

明達路

我望見你時，雪已經黑了
你靜躺在豹紋草皮上等我
像一場開花的暴政

附錄一
沉默（斷章）

1

四月，在令人顫慄的蛙鳴聲中，我們沉默。

沉默是我們的選擇。我們是從蛙鳴中走來的一群啞獅子，目光如炬，口中含著整個夜晚的湖水。

春天，我們不能說話。我們彷彿口中的那塊巨冰一樣木訥。我們就像去年堆起來的髒雪——我們的聲音早已消失在那癱軟的淤泥中。

沉默是我們唯一的選擇。

2

寒夜。這片土地是巨大的鼓面。它繃緊時我們爬行，它鬆弛時我們姿勢古怪地奔跑。我們爬行，不發出聲音。我們奔跑，摔倒，再踉蹌著爬起來，不發出聲音。

這是巨大的喑啞之鼓，白色的，清晨因露水而光滑，夜晚因我們企圖不明的踩踏而褶皺如老人的面龐。

從初民到後代，我們來自大河，說破碎的詞句，聽未來派歌曲。我們生出第三隻手，用來捂住右邊那人因饑餓而張開的嘴。我們長出另一張嘴，用來笑話左邊那人的表情姿勢。

白天，我們爬行，咬住前人的尾巴，爬行。夜幕降臨，我們野人般走動，跳著驅逐恆星與月亮的舞蹈。

從死到死，從新生到新生，我們抬著腦袋穿過這片土地，一言不發。

3

昏迷。昏迷。

昏迷，我們想說話時就這麼做。昏迷，我們聽人說話時就這麼做。

有人喝牛奶時隨手砍下一片牛肉，這讓人昏迷；有人習慣踩著高蹺站在沼澤上求愛，這讓人昏迷；有人每日憑空取來幾張草紙，塗幾行字，簽個名再吞掉，這讓人昏迷。有人每天早晨在一顆碩大的乳房中練習跳水，上岸時摸一摸雲的絨毛。哦昏迷，連旁人也扶不住他。

只有名叫亞當的男人撐著傘，他拔出肋骨的動作老練如水。

4

新的消防站已建成，它在夜色中沉默……

來吧，甜蜜的死亡。

附錄二
「巴別」

　　從古代遺跡，到廢棄建築，到吃剩的果殼。物在時間長河中毀壞了、腐朽了、破碎了，紛紛淪為廢墟。廢墟本身是一種假性永恆——越過了這個下限就無法再成為非廢墟。它是從有到無的漫長過渡，是熵的漣漪。任何物的下位都是廢墟，廢墟的下位依然是廢墟。物在這個過程中不斷失去它的名和它的型，像忒修斯之船一點一點變成沙子，最後成為同一片消失。起初他們就是從這同一片消失中而來的。

「撲克：王與后」

　　在這凝固的時刻，男人並沒有獻上他的真心，而是用意念之劍砍下懸浮於他頭頂無數年的形式之心，被割裂的空間仍留有燒焦的痕跡。無窮的時間以來缺乏運動，使得他伸出的手臂帶走了半個腰身。但女人對這位奄奄一息的獻殷勤者並不熱情，她長久扭過的頭並未回轉，而是依舊注視著屬於她的永恆景觀之心。奇怪的是，男人同時將劍藏於身後，彷彿昭示決心和力量，又彷彿等待行凶和自刎，而女人悄悄在肩頭探出一朵玫瑰，像是欲拒還迎。與此同時，在對稱的鏡像宇宙中，女人永遠含情脈脈地注視著男人的後腦勺，隔著紅心的屏障，無法獻出身後的玫瑰，無法傳達她的語言，眼看著男人痴痴凝望著幻象之心，絕望地舉起利刃。他是要砍去幻象從此死心，還是自行了斷？我們只知道他們所在的時間無限漫長，據說在宇宙誕生之前紅心早已升起，而直到時間終結，劍也難以揮下。

評論
時間雕塑：消逝、變形與連接
——讀穎川詩集《幻聽》

文｜李琬

　　穎川的詩，往往充滿了時間變化的印記，譬如降落的光線，撕開的夜空，被水穿過的石頭。我願意將之與瑞士藝術家羅曼・齊格納（Roman Signer）的作品相類比。齊格納錄製過許多物體發生改變的過程，他通過自己人為的行動，將自然的荒誕力量凸現出來：譬如氣球被漸漸充滿氣體而走向爆裂（並且再逆向播放一次），火藥的燃爆，正在充氣的橡膠管被拔掉蓋子在地上漫無目的地擺動，等等。這些近乎毫無意義的過程，卻讓我們感受到人面對時間序列的無能為力。我們每個人，如帕慕克所說，此生的大部分時間只是「等待某些事情的發生」。

　　有評論者認為，穎川詩歌的堅硬質地，來自他情感的高強度，但我以為，這位敏感而有幾分柔性的詩人反而並不特別在詩中傳達某種日常的、人性的情緒；他詩歌感性的強度，反而來自那催生物質發生變化的力。從這一點看來，穎川關切的主題和他接近主題的方式，的確比許多同齡詩人更為古典和純粹，在當下仍未完全擺脫中國上世紀八、九十年代詩歌文化影響的詩壇中，也顯得獨具一格。

　　　從古代遺跡，到廢棄建築，到吃剩的果殼。物在時間長河中毀壞了、腐朽了、破碎了，紛紛淪為廢墟。廢墟本身是一種假性永恆──越過了這個下限就無法再成為非廢墟。

　　這是這部詩集附錄中的話。我們必須在「廢墟」的層面，理解穎川的寫作——它是一種「時間雕塑」，或者說它是過往時間在我們耳邊造成的「幻聽」；在頗具元詩意味的〈木刻師傳說〉裡，詩人將木刻作為創造，也即寫作的原型：「他在時間的／腐蝕中觸摸世界的輪廓，他熟識底部的一把斧頭。他在變小，／他在變暗。木屑每隔三天淹沒閣樓。他試圖忍耐創世就如同／試圖原諒末日。」與金屬、石膏相比，木頭這種更加柔軟溫和的質料可以浮於水上，與流水一起轉換漂移，又能夠隨物賦形，並與周遭環境獲得更為融洽的聯繫。

　　因此，穎川的詩，與醉心於捕捉瞬間的「現代生活的畫家」們有所不同，也與濟慈那充滿柏拉圖意味、靜止於永恆的希臘古甕迥然有別。這些詩為我們展現的永恆，就是昔日留下的痕跡，是消逝與再造的過程本身。在亞里士多德使用的「自然」（phusis）意義上，事物的自然，應該包含了使它自身運動變化的性質，自然存在物的運動原本就是自然。穎川筆下的世界，最先映入我們眼簾的，正是這一萬物流變的本性。他甚至反覆描繪事物高速運動的進程，而很少像當代詩歌中力圖增大詩歌密度的慣常手法那樣，對眾多物件和動作進行博物館式的靜態展示。

　　然而，詩人所揭示的物的成毀，並不單是元素的排列組合，以及毫無意義的生死更迭。有機的活力總是貫穿在他筆下的毀滅和更新之中。因此，儘管同樣追求某種在時間中自身循環的純粹性，海子所展示的衝動是復歸元素的渴望，而穎川則與之構成相反的路徑：他恰恰更願意從元素中探索和提取那構成有機世界的不竭動力。眾多並非來自日常場景的生物——如虎鯨、翼龍和蝙蝠——在他的詩中流溢出溼潤的光亮，往往映現出作為原初孕育生命物質之基底的天空和海洋，彷彿喚醒我們體內已經悄然遠逝的還原變形能力。

「請在酒之湖的中央呈現皮膚下的脈動，
請呈現你的抵達之路。」
我收攏魚鰓，生出四肢——
不再是兩棲動物，我爬上野風吹著的灘塗。

——〈抵達之路〉

　　詩人在此把握的，是兩棲動物成為陸生動物的時刻，而這也是古典意義上更為高級的理智生命進入身體的一瞬。我們既是時間鏈條的環節之一，也同時為其所束縛。而穎川選擇關注的，在無情的時間鏈條中，看似非人性的、必然的力量，如何帶來一種可以轉化為情感的理性。這種力量，不僅讓各個組成部分構成完整的意義，也同時讓不同的個體有可能聯結為更大的整體。每個孤立的事物都渴望著與某物融合，甚至是通過消失的方式。他發出了這樣的呼喊：

……而你

在哪兒呢？你用消失把我們分
開只是為了用同樣的方式讓我們最終
連成一片嗎？

——〈四月〉

　　在這首詩裡，正如詩集中其他的詩，「你」似乎並不能簡單地等同於現代詩經典抒情範式中的言說對象，它神奇地可以既理解為某個情境化個體，又兼具每一個潛在讀者的身份。它也同樣展現了時間的性質本身。回到〈四月〉這首詩的內部，我們發現，詩歌中的「我」是在以第三人稱敘述了與母親共同身處的現實場景之後，才引

入「你」的。穎川筆下往往出現這樣的切換：鏡頭先是在平緩地描繪主人公所見的一切，而後突然間打向主人公本人，他直視鏡頭，要求對我們直接發言。在這首詩裡，他將我們帶入一處與人民公園、收音機和電梯有所分隔的空間，而我們暫時得以充當「你」的角色──這是一個無形而又在場的人，可以傾聽「我」的孤立、羞恥與失落。

這樣的「你」，也和穎川頻頻提及的「天使」有關。這種彼岸性常常滲透進穎川詩歌中的空間，格外引人注意。〈天使學入門〉這首詩，不免令我想起維姆・文德斯的電影《咫尺天涯》。詩歌所具有的強烈畫面感，以及幽暗而富有層次的色調也接近這部電影的效果。天使兼具神性和凡人的性質，他們往往並不比我們更加全能，但正是朝向他者的關注和願意做出犧牲的意志，使得他們獲得永恆。

天使為我們庸常的生活帶來了彼岸的消息，而我們注意到，「雨水」往往成為了塵世與彼岸的中介，「暴雨終將借雄獅之口／喊出天使的名字」（〈暴雨頌〉），穎川的「雨」，不是作為一種美學化的意象出現，卻是成為了一種具有超驗性質和重塑功能的信使。在詩人出生以來，「細雨沒有停過」（〈夢境〉）；他筆下的雨水，可能是「一扇巨門被推開」（〈幻聽〉），引領我們回憶已經被遺忘的生存本質；也可能意味著被「更稠密，更深入，更慢」（〈毀滅，她說〉）的欲望接管；有時，它又是一種「必將輕易蓋過空洞的足音與歌聲」（〈雨必將落下〉）、抹去個人焦慮和行動的宏大歷史。

雨水的漫溢不僅賦予了這些詩歌潮溼迷濛的質地，也構成了詩人所勾勒的生存圖景中那隱而不見的背景。雨水的下落伴隨著與之對稱的喪失，但它同時也更新著我們，令分離的生命重新聯結在一起。

而有時，人稱之間的界限並不十分明晰，如在〈海上〉這首詩裡，「你」、「我」、「他」都同時出現，這種有意使用的自我的戲劇化手法，也包含著其模糊性所暗示的困惑：寫作是否徒勞，是否能

幫助我們在眾多自我中選擇更好的一種？

> 「我沒有我的船。我的岸在喊我。
> 我在赴約的路上，遇見另一些溺水的我
> 平靜而安詳，並不期待救援。」

　　這眾多的「我」構成了潁川詩歌中戲劇式對白的前提。與許多同齡詩人相比，潁川詩歌的言說主體，面貌相對曖昧甚至隱匿，並不執著於某種個性的流露和挖掘，這或許多少和他本人偏好沉思的內斂性格有關。（相同的情形也體現在屢屢採用戲劇性元素的卞之琳身上。）我們看到，儘管頻繁出現的括號和引號帶來了多重聲音的敘述以及對於抒情的打斷，譬如〈教室禮讚〉和〈浴室奏鳴〉，但這些詩歌本身並非戲劇性的；它們之所以如此，是由於某個單一的聲音，渴望借助舞臺和角色說出他的思想。

　　伽達默爾曾經指出，策蘭詩歌中的「我」和「你」差別極其微弱。這種差異的形式意義大於其所指的實質意義。在策蘭那裡，「你我」的對話構成了封閉、逼仄的空間，最直接的效果便是令讀者體會到這種縫隙般的逼仄感；而潁川每一次的人稱切換，卻如同舒緩的換氣，並令人得以想像一個超脫日常生活的開闊視野：「他整夜／聽著眾天使們輪廓消失的聲音／想像他們越過夢裡的燈塔、屋頂和餐桌。」

　　同樣偏愛雨水的詩人卞之琳曾寫過「兩地友人雨，我樂意負責。／第三處沒消息，寄一把傘去？」（〈雨同我〉），這樣一種意味著「承擔」的「雨」，在一個世紀之後，在潁川的筆下，不僅成為了有決斷和預兆性質、帶著幾分狂暴的自然，也暗示著「你」的消失、破碎和「我不能」——儘管雨水將眾生連在一起，但「我」的凝視之處

依然空無。在數年的書寫之後，詩人乾脆發問：「當我注視良久，何物回以凝望？」（〈純淨的時刻〉）與那首聲調高亢、令人印象深刻的〈種種道別〉相比，我以為上面這個問句，更能夠激起我們這一代人的強大共鳴，因為我們都是如此地缺乏真正的對話者、真正的戰場和敵手，缺乏具象的激情和目的，我們都在資本的裹挾中消耗著每一個自己。但我們又是如此地渴望和彼此在一起，也如此期待：那深深的黑暗並非空虛，而是終將現出它深淵中的凝視。

李琬，生於湖北武漢，北京大學現代文學專業研究生。寫作詩歌、散文，兼事翻譯。

評論
我和我

文｜黎衡

　　兩種相反的寫作倫理交織於向新詩投出的目光。一是，日光之下，並無新事。二是，所有事物、所有瞬間永遠是新的，世界在布朗運動中不竭地撞擊，永動機一樣滾滾向前（或向後），不存在重複、類同，經驗與思想像每日懸掛在草尖、顫動的露珠。穎川的名字，本身就包含了尖利、河流的含義。他不可能兩次踏入同一條河，更願意做河流上的浪尖。

　　之所以引出「新與舊」這個「舊」話題，是因為穎川的寫作方式似乎是兩個文學時代的迴響。一是歐洲20世紀初，從法國的超現實主義（阿波利奈爾、聖－瓊·佩斯），到里爾克與曼德爾斯塔姆混雜著神祕的個人經驗和直覺式抒情聲音的近乎祈禱的想像力，這個富有魅力的現代詩傳統，此後還以多種變形，映照在更多的西方詩歌之中。第二個時代，是中國的1980年代。那個時代的許多中國詩人，誤讀式地借用了馬拉美的「純詩」概念，把具有語言實驗傾向、強調個人感受的非歷史化，注重聲音和意象節奏的抒情詩，統統歸到這面大旗之下，蔚為大觀。比如張棗和萬夏，就是其中的佼佼者。萬夏在1988年出版了薄薄的一本詩集《本質》，從此擱筆：「那些倒賣有色金屬的騙子也來了，在糧倉的煙囪下面／兌換了足夠的紀念章過後／也騎馬到公共溫泉游泳／父親從一天的爛醉中醒來，用蠟燭燒死／秋天最後一撥蚊子，在後院用菜籽油洗刷牡馬過長的陰莖／以便插進更深的季

節射出種子。」（〈水的九首詩：二〉）

　　所謂「九十年代詩歌」，試圖以敘事、口語、「歷史的個人化」來糾正八十年代「純詩」的不及物。但是到了穎川這一代詩人，是否「及物」已經純然變成了個人選擇的問題。何況，「及物」本身可能就是一個偽命題。阿波利奈爾的寫作並不直接處理歷史題材，但他卻積極投入了一戰，並為法國而死。海明威在《流動的盛宴》裡轉述了1920年代巴黎文化圈的一個玩笑：阿波利奈爾在1918年停戰那天去世，當時群眾高喊「打倒紀堯姆」（指德皇威廉二世），而阿波利奈爾在神志昏迷之際以為他們在高喊反對他。

　　在這裡，我們看到了詩歌觀念史的進路中，「否定之否定」的寫作景觀。穆旦（對二十世紀三、四十年代的左翼文學）、萬夏（對毛澤東時代的政治抒情詩）、穎川（對世紀之交新的介入現實的文學衝動），在三個光譜各異的時代景深中，反覆進行著復歸詩歌本位主義、形式主義，反對文學功能化的動作。

　　之所以說「及物」與否變成了個人選擇問題，也是因為：在我看來，作家的感知方式可粗略分為兩種類型，一是理解與洞察，二是體驗與聆聽。前者不斷發現現實肌理中的詩意，後者則總是以對幻象的激情重塑現實。

　　穎川無疑屬於第二種。「那老舊的木椅吱呀響著。『你是倒數第二個／還讀得進卡夫卡的人，像在檯板裡撲殺小矮人的罪犯。』／投影儀啟動。來自晦澀光線的逼視才是真正的／威脅。（螢幕突現比例崎嶇的大塊岩石）你的喉嚨上／陡生裂紋，彷彿來自柔軟的銳器。」（〈教室禮讚〉）

　　這裡，「螢幕」、「卡夫卡」值得注意：「螢幕」暗示了視覺與影像藝術的爆炸，已刷新了我們的美學教育。即使是在「電影詩人」中，上述兩種感知類型的區分，也頗為有趣，比如法國導演布列松在

《扒手》中展示的對現實的天才洞察力，和義大利導演費里尼在《愛情神話》中天馬行空的幻想，同樣蕩人心旌。「卡夫卡」是詩人引為精神同類的一個暗碼。卡夫卡說：「你沒有走出屋子的必要。你就坐在你的桌旁傾聽吧。甚至傾聽也不必，僅僅等待著就行了。甚至等待也不必，保持完全的安靜和孤獨好了。這世界將會在你面前自願現出原形，不會是別的，它將如醉如癡地在你面前飄動。」這是對更樂於、善於體驗和聆聽的藝術家最精確的描述。不必走出屋子！世界雖然無限，但也充滿危險，你自己就是無限的一隅和全部，就是深淵和迷霧本身：「屋裡聽見的雨和出門觸到的不是同一種，卻又幾何般對稱。」（〈幻聽〉）

　　穎川的詩歌中，除了「投影儀」的魅影圖景，另一個清晰的感官元素，無疑就是聲音。「演奏」、「音叉」、「琴手」、「那異響／彷彿海的聲音逼近落水的船員」、「他整夜／聽著眾天使們輪廓消失的聲音／想像他們越過夢裡的燈塔、屋頂和餐桌。」、「在第三層夢中，一旦有迸裂的聲音，那是你必須留心跳躍的時刻……烈日喧嘩，黑色的永恆之書已經闔上。」、「能看見唇在開合但聽不見任何聲音──有物件碰撞摩擦的響動，有一切日常的背景噪音，但獨獨沒有人聲。」、「陣雨後的車站升起魔方。／聲音扭轉入聲音，陽光摁扁積水的薄膜」、「一種龐大的空無／轉向它自身，輕輕傳來金屬折斷的聲音」……他對聲音的辨別，不僅是在「元詩」的意義上，轉喻了詩歌與音樂的親緣性，也是在形而上的維度，捕捉生命中幽微的神祕氣流，彷彿是在用藝術家的第六感把握一種啟示。

　　而他的寫作，終於在這個句子中暴露了人稱的玄機：「『我和我，端坐其中／被隆隆的白──吞沒。』」（〈反預言書〉）不是「我們」，不是「他者」，亦不是孤立、自矜的「我」，而是「我和我」。

　　人稱，可以看作是詩人的一把鑰匙。古典詩歌中人稱隱匿，其實

也有人稱。如李白、柳永，常常是第一人稱的。那種真正無人稱的古詩，往往將風景的「間離性」和極簡主義發揮得令人神往。新詩的人稱問題，清晰地以郭沫若〈天狗〉中「我」的氾濫、卞之琳《慰勞信集》中「我們」對「我」的取代為兩個轉折性文本。敘事詩當然擁有更多的使用第三人稱的機會。有趣的是，新詩中「他」、「你」也經常成為「我」的變形，將自我轉換成觀看對象或對話者。

猶太哲學家馬丁‧布伯在他的名著《我與你》中，區分了「它」之世界與「你」之世界的對立。人為了生存需要，必須首先把外物當作與「我」相分離、對立的客體。但是，在「我—它」的關係中，一切在者都淪為了我經驗、利用的對象，成為有限有待之物。人也棲身於「你」之世界。在「我—你」的相遇中，「你」即是世界，其外無物存在，「我」以整個生命和存在來接近「你」、稱述「你」。

而穎川提出了一個也許與他內收式的聆聽氣質最相稱的人稱關係：「我和我」。詩集的開場曲〈俗世〉，就勾畫出了這樣一幅剪影：「在漫漫音叉的曠野上竊取夜寒？／辰光稀少，何處也有過孤絕的你」。「孤絕的你」實為「我」的自畫像。於是，「我和我」形成了納西瑟斯式的精神結構。即使是寫到友人、父親、母親、外婆，那似乎也是「我」的影子，不可彌合的弦外之音。與納西瑟斯不同的是，穎川的「我」和「我」達到了自洽。雖然破碎的事物「如我心愛的天鵝成群赴死／白雪般極限」，但這唯美主義的哀悼，已足以使「我」與「我」像共振的回聲一樣平衡。「你用消失把我們分開／只是為了用同樣的方式讓我們最終／連成一片嗎？／／夏天就要來了。」即使這哀悼，也是「輕薄的痛苦」，詞語以卡爾維諾意義上的「輕逸」，以南方的雨聲和海浪的幻聽，在我們耳畔輕輕嗚咽。

2018年7月於廣州

黎衡，1986年1月生於湖北，2008年畢業於武漢大學中文系，現居廣州。曾獲劉麗安詩歌獎、中國時報文學獎、未名詩歌獎、DJS－詩東西詩歌獎，出版有詩集《圓環清晨》。

評論
拒絕降維者

文｜曾毓坤

一、從聽覺到維度，從維度到幻聽

　　振聲發聵有兩種方式，一是旋緊按鈕，加大音量，擴音器，階梯體，口字旁，驚嘆號；二是改變聽覺，甚至是聽的方式本身，比如邀請讀者做一隻蒸煮中剛學會上岸的兩棲類，在浴室裡命令它／他歌唱：

> 他張開魚鰭，抖落幾粒沙子；
> 凡嗜甜的兩棲者，必有脫水之風險。
>
> （今晚局部有熱雨，可療外傷，能見度低。）
>
> 「我想我得趁霧氣尚濃時悄悄
> 完成某些儀式，或謀劃一場不算光榮的革命
>
> 比如砍花、飲酒，比如把肥皂
> 都捏作磐石的形狀，在下巴裡養幾條淡水魚。」

（雨量中到大，氣溫漸升；水中有鹽，空中有流血的鱗片。）

……

（〈浴室奏鳴〉）

　　我們發現聽覺並不在這首詩裡獨裁。這裡有三類句子。引號裡的引語裡我們聽到他或它的獨白。以「他」統領的陳述句客觀而親密（「他撥開鰓」），像共處一室的家具。最後括號裡視角是全知的監控器也是全能的布景者。我們熟悉前兩種句子如熟悉聽覺和視覺，最後一種「覺」在文學理論裡即是所謂的上帝的視角，而在穎川的詩歌裡神有獨特的譜系，本文雖然沒有辦法完全展開，但在此值得一提的是穎川並沒有把這當做視角來操作，而是並置為可以和聽覺和視覺互相干涉的「覺」或「感」。

　　什麼是互相干涉（interference）？在更高的層面上，如果我們給這三種句式不同的音色，把引號句作為A，「他」句作為B，括號句作為C。整首詩的調性就是：

A

B

C

A

A／B

C

B

A

A／B

B

A

C

　　這裡並沒有但丁式徐徐下降的線性整飭，但如基因的頻段，我們能從中找到各種排列組合，這三種句式沒有高低，是三種維度。看上去更客觀的B和C也在往復中讓人把這隻兩棲類或者幕後的布景師與廚師讀作不可靠的敘事者。這裡沒有圖像藝術與線性藝術萊辛式的對立。這是達維德的《馬拉之死》更是卡夫卡的〈致某科學院的報告〉。

　　再來看另一種令感官依照維度各就各位的標點：

　　已是新的一天了，城市也迎來新語言
　　未曾現身的雨具，像蝙蝠在暗中期待

　　聽見嗎：當的士遊過路口，那異響
　　彷彿海的聲音逼近落水的船員：
　　迎來又送離，也擦亮隔岸低空的冷

　　……

（〈晚宴〉）

　　詩歌的第二節連用兩次冒號。第一次的冒號把晚宴的味覺交給聽覺，第二次似乎是再轉交給視覺。但這種高密度的迭代帶來的並不是秩序化的維度或空間。而是一種對某一維度縱深的意猶未盡。這在詩歌結尾冒號的重現中最為明顯，這裡喚起的是一種類似於「飽和度」的二階維度。

　　讀者可以拿掉冒號，或把冒號換做「像」，看看會有什麼不同的效果。對我而言，不同於飽滿的比喻，在潁川對城市雨夜的庖解中，每一個比喻都不是充分的，都應當質疑和追問，而每一次晚宴都是值得幻聽的。如此一來，幻聽就是信任與懷疑的藝術，在這首詩裡，作者是一個主動而挑剔的、滬上的聽眾，致力於都市的「音訓」，再將其推翻。在二十世紀的思潮裡，奧斯汀、維特根斯坦和德里達也曾在類似的脈絡裡反覆釐定語言與世界的邊界。在潁川更早熟的作品，如〈木刻師傳說〉和〈海上〉中，讀者如我會稱讚他所刻畫的「創世」或「托著他一生的睡眠」的勇氣。可世界和一生的尺度又如何不因反覆的測量和歌唱而速朽？

二、世界的尺度與維度

偽輪迴史

當無限逼近，一位年幼的世尊正醒來：
「引力邀約我，領我回到火山的清晨。」

每一次反轉中跳躍，玻璃傀儡閃亮的肉身死於日常
他們反覆輕淺的重生，也在演繹中消逝，並沒有

和解的顏色

反預言書

陣雨後的車站升起魔方。
聲音扭轉入聲音，陽光摁扁積水的薄膜
第五具肉體送走了氧氣瓶

艾爾法：斬夜人，古典
英雄主義的迷戀者，隔著厚厚的
雲霧望向天淵，被毀滅所吸引

那雲上的血跡，撩人地變幻
彷彿預示著：風
吹奏過姐妹們裸露的鋼筋，讓她們

體內的廢墟也收攏起浪濤，化為
一座全新的格爾尼卡。艾爾法，
靜物紛紛朝向你的門。你的門

從三階一躍升為五階；來自天鵝的詛咒
擊潰你手捧的器皿。陣雨後的車站
沿著滑翔軌跡，魔方展開懷裡的預言：

「我和我，端坐其中
被隆隆的白——吞沒。」

　　讓我們用這兩首稍後期的詩來對讀〈木刻師傳說〉和〈海上〉。從形式上，〈偽輪迴史〉和〈反預言書〉並不比它們的前世更缺乏信心，兼有前述的維度的演奏技巧，分解與和絃。但局面上不如那兩首遼闊，細究起來個中原因恐怕是代詞的迭換：〈木刻師傳說〉和〈海上〉的「他」演化成了世尊和艾爾法更具體的「我」、「你」和「他們」。「他」是一個穩定的奇點，搭建在其上的宇宙健康、年幼而遼闊。但當我們嘗試對他命名，即便是神的名字，「年幼的世尊」就只能和輪迴裡的複製品擠在世界逼仄的神龕或釉窖裡。神在獲取名字時立刻就墮落為造物，有了創造者。我們可以想像這首詩如果可以跳出輪迴，借助的可能會是那種東方匠人的視角，類似於〈地獄三昧〉和〈木刻師傳說〉，把世界定在某一個恆長、即便短暫的刻度上。可穎川並不想給世界降維。在〈反預言書〉中甚至還要「從三階一躍升為五階」。

　　如果說科幻小說是這個時代的預言書，我們就應當重視劉慈欣在《三體》裡預言升維帶來的奇襲（藍色空間號對智子的逆襲）和降維帶來的潰敗（二向箔）。很難說穎川完全偏向前者，畢竟「來自天鵝的詛咒擊潰你手捧的器皿」。在這種不穩定的力學裡，這兩首詩雖然在維度上比穎川之前的傑作複雜，但還在反覆調音。佛陀看著彼此，「我」端坐著看著「我」，絕不和解，初生而冒昧。

三、重複與分型

　　說起反覆調音的技藝，有必要監審一下穎川對重複最低限度的使用。

波紋

颱風在前，拉拉隊長乘著飛鳥
躍入水中的日蝕。一次痛楚讓愛滋生更多

秋天，夕光中不再有人
舒展雙臂，因幸福而沉默。「肌膚像白銀，卻有檀木

肢解的聲音，絲絲碾過每寸骨骼。」秋天
有女人在大雨中窒息，受困於一場漫無休止的

擁吻；一捧燃燒的雲，一段切開水面的亮光，一艘艘快艇
滿載著靚麗的小拉拉隊員，衣著單薄，隆隆駛向秋天最深的

落日和海溝。

　　這首詩的形式特色之一是多次出現的疊字（「拉拉隊」、「絲絲」、「艘艘」、「隆隆」）。這一方面可以詮釋為擴寬或者重新找回漢語式的可能性。另一方面，參照語言學家沈家煊對〈繁花〉的分

析（〈〈繁花〉語言札記〉），疊字也是滬上口語的風格。二者並不
矛盾，都因疊字造成的特殊語用效果而得以可能。如果說之前的討論
多在維度的整數層面上，疊字在此詩造成的效果類似於所謂的分型維
度（fractal dimension，比如說1.3維，數學定義為「描述一個分形對
空間填充程度統計量」），讓世界沿著某些詩人投注的面向（無論是
名詞和動詞的音色還是童趣的意象）起褶皺。

　　回聲恐怕是最直觀的幻聽。穎川也要回上海了，幻聽海上的機會
少了，但複寫的機會可能更多。這首詩時隔近五年的修訂只改動了一
個詞（從「接吻」到「擁吻」）。值得期待的是，重歸母語環境的作
者能否在將來再反覆傾聽（或幻聽）這裡起褶皺的聲音，並滋養前述
的調音。

四、拒絕降維者

　　……

　　而她，漸漸失去了血色
　　（不再有任何奇蹟發生）「老去以前，請你
　　重新擺出一個少女的姿勢；
　　當愛的泉水湧起又落下，誰
　　能用健全的臂膀將它截停？」哦終於
　　傳來一陣訕笑；哦終於，男人起身替她
　　繫好裙子擦掉水痕；哦終於可以愛她了
　　而她捏著暮色寬大的桌角從某個三樓窗口

2

3

正是這最後的白奪去了一切絕望的理由。

（〈蒼白史〉）

　　蒼白是〈反預言書〉的終止符，也許也是〈偽輪迴史〉被篡改的題眼。而〈蒼白史〉是暴力的三部曲。三部曲並不一定要重演時間和歷史。第一部分，在敘事的層面以及維度上的技巧（通過標點和句式進行的分離和自由組合；對「降下來了」的反覆提醒；這一部分結尾的截斷），穎川不斷深描下降本身的維度。但猶如地球引力，我們還是仍不住追問詩中所寫的下降結果是什麼？第二部分在形式上的留白，第三部分在元語用（metapragmatics）上對留白的解說都似乎都給出某種抵抗式的解答，抵抗這種追問的權力、或者暴力。

　　文學史上最著名的留白或許是《源氏物語》的〈雲隱之帖〉，有目而無帖。相傳紫式部在書寫紫夫人過世後過於悲痛，已無力再書源氏之死。但〈雲隱〉之後還有記載源氏下一代風流韻事的《宇治十帖》。這十帖筆力殊勝，甚至精美過於前四十帖。這似乎違反了書寫的動力學，歷代皆有人提出異說以論證這十帖的作者並非心力與筆力

俱竭的紫式部。類似於這種不信任，中國的古典小說批評傳統裡，續書往往是吃力不討好的大忌（如高鶚，如水滸的《征四寇》）。

　　斷絕是美，但續寫也可以是更高層面的抵抗。比如作者和讀者自反性的倒置，比如所謂元小說的傳統，比如真正讓小說成為現代小說的《唐吉訶德》第二部。雖然長詩不是小說，但可以在這首詩的結尾抓住續寫的苗頭。值得想像，如果穎川也把「正是這最後的白奪去了一切絕望的理由」用括號或引號框住，或者用冒號代替封底的句號，讓下降再飛一會，再抵抗一會，這首詩是否能使幻聽更持久，編年更漫長，而年輕的詩人又將如何在這本詩集後遠離維度既定的母星，在星艦上繼續歌唱。

曾毓坤，1991年生於江西贛州，曾學習過測繪工程和心理學，現在芝加哥大學攻讀人類學博士。

評論
天使之魅
——細讀〈天使學入門〉及其他

文｜米崇

「可那究竟是什麼樣的聲音？」（〈晚宴〉）。當我們試圖辨聽穎川詩歌的聲調，這一句發問便重奏在詩人喉頭和讀者心間。儘管，我忘卻了詩人在哪兒說過：那聲音，可能是天使的呼喚，亦可能是塞壬在歌唱。在詩的神經探向極致的存在之際，世界完滿又充盈。然而，通靈不可持續，虛無即是地獄，在短短的相逢一面與長長的痛苦道別間，那曾閃過的到底是誰的聲色？在這個問題的解答或未解答後，留下來的，作為「詩」而非某些玄想論證的文本是什麼效果？讓我們試著從〈天使學入門〉入手，看看這首相對「露骨」的天使詩，是怎樣邀請讀者觸摸他連結天使的感受器，而「天使學」又是如何成為了他詩歌中的最迷人景觀。

一、天使與「聽」

天使的降臨，在穎川的詩中首先借道聽覺，即使修飾「天使」的往往是「消失的聲音」、「喑啞」或「沉默」。比如，「喑啞天使們／在空心城市的海岸上環繞著吟唱」（〈新雪〉）；「讓我被天使的沉默／擊潰」（〈暴雨頌〉）；「聽著天使們輪廓消失的聲音」（〈海

上〉)。以聲音為首,便是拒絕了觀看的統治性和庸常的視聽,連帶
著也把庸常意義的發生拒之門外。在〈天使學入門〉中,越過標題的
門楣後,首先迎向讀者的,也是「聽」——「迸裂的聲音,越來越逼
近,越來越響」。雷電的崩響,遼遠而有力,這一與世界同齡的古老
聲響,從未衰減,從天而降又覆蓋萬有。地面的變幻相比於雷電的出
場,僅像是舞臺布景的微調。而因其古老、恢弘,雷電便可被幻聽的
妙手編入想像劇場——當某個世界在被期待,巨雷可以是混沌黑暗中
伸出來的第一支異維信號,導引著更盛大的戲劇,像腦海裡與之相伴
的「羽毛」信使,從霓衣風馬中的天使翅膀上翩然吹下。雷電在聽覺
上如此確定,但當其收編作奇境的一部分,確定之物便折服於更浩大
的迷離。

　　巨雷,似乎隨著日光初照後的「該來的沒有來」而宣告失敗。
「天使」的維度之下,耳朵對俗世的聲音極其冷淡,如同一架觀測星
雲的太空望遠鏡,當物件變成隔壁小鎮上的菜市場時,整個世界都彷
彿布滿了錯誤。但是,恰如望遠鏡的錯置可以提示小鎮之近,測聽天
使聲音的耳朵,也可突顯人世繁雜信息的庸碌與無聊。世界等於「小
轎車劃過潮濕路面的噪音」,「男人言辭不清的叫喊」,雷電的狂喜
過後,「太容易的」「鳥鳴和落雨」乃至「烈日」也毫無自然的清新
靈動,而是某種與人世共振的瑣碎和降格。如同〈杜伊諾哀歌〉中向
著天使與風暴吶喊的里爾克,當暴雨變為淅瀝瀝的小雨,神性的呼喊
成為尷尬的喜劇,天使的聲線被冷冷地彈開,就像失眠者的聽,將被
「醒來的人」無視或嗤笑。「消逝的只與消逝者在一起」(張棗),
詩歌的耳朵在俗世變得如此孤絕而不適。在幻境中加強雷電的崩響或
賦聲「沉默」的天使,而在日常則把千萬種振動縮減到微弱,這對與
玄想媾和而成的超現實耳朵,其感受權重的調配端看虛構本身,而這
也就是他的諦聽之法。

二、天使與「視」

視覺退到第二性，然而眼睛終會看見。儘管天使不能被目擊，「你的天使沒有見過你」（〈失蹤的人〉），但天使出沒的背景，仍可被想像力採擷風物片段，再捏製成奇境。例如「閃電，在夜風飛舞的百科全書上一頁頁篆刻新常數」，或者是「黎明黑暗的縫隙中正飄落著羽毛」。某本無人讀過的百科全書，仍在被書寫，巨雷隱含的光強和能量，包納在羽毛飄颻時的微微翕動中。玄思在視覺中的統治更甚於聽覺，「天色青了」之被一筆帶過，意味著天空遠非極限（而是很低），能像撕開帷幕一般撕開「夜空」，「打開雪白的大口子」的奇觀才是極限。

日常的視聽期待同樣是落空，同樣「該來的沒有來」。臆想的人會出門，會在另一首詩裡看到「透光但極厚、極緻密」（〈幻聽〉）的壁，就算是平常的雨具，也必須將傘收攏後的擺動，放入好似「蝙蝠」「暗中期待」（〈晚宴〉）的幻視裡才得以安定。世俗沒有被一般地寫入視域，唯一的原因就是在這些詩的經驗裡，它是被刻意忽視的。那個「毫無個性的角色」，在塵世的眼底如同透明，但是入了天使學之門後，他便將世俗看作透明。世俗的色相比世俗的聲音更不起眼，而虛構的「黑色的永恆之書」則可以貫穿人類的晨昏，成為隔世交流的唯一「見」證。於是，重要的色彩不在別處而在他的想像中。想像中，連結另一種生存的瞳力在渾然湧動。那麼，喚起如是聲色的天使，她緣何而來？「天使」這個詞降臨之前，詩中的抒情者是否同樣浸染在孤獨和迷魅中？

三、天使與天使之前

　　當我們進入穎川更早的詩作，可以看到，與之暗合的「來世及輪迴」的命題早已反覆出現。比如「你是那抗拒著宿命但篤信／輪迴的人」（〈霜降以前〉）；「感到痛，就能夠忘卻來世和遺憾──」（〈查海生自述〉）；「五點五十分，我安睡／在白堊紀的冰層中，在仁皇山頂一朵橘色的薄雲上──如果／響起鳥鳴，我會以為那是一封錯過的來信。」（〈傳奇〉）；「你要來看我啊。你要為我驅趕／血的氣味。透過一截光，一段木頭，／你要喊出我的名字。」（〈在十二月〉）輪迴與來世在他的詩歌裡已有漫長的歷史，它們的香氣如此濃郁，此間，連接情感的意象，遠離普通、日常，甚至遠離此世。對之呼喚的時刻，分娩出天使似已成必然。

　　此外，我們也能看到另一個與之緊密聯繫的主題，即「日常之前」的夜晚，或者說「夜晚之後」的日常。比如，「就是這樣，日出之前／必須耗盡體力，並且流掉足夠量的血。／／而你，你得趕回到一張紙裡了，以免／起早貪黑的上班族，被你飛舞的尾巴擊中。」（〈小年，夜讀科塔薩爾〉）；「如果這些只是錯覺呢？」想起前夜的失魂落魄。」（〈魚鱗在二十一世紀〉）顛倒於等同睡眠的平面夜晚，穎川詩裡的白日往往是平面的、枯燥的、無聊的、不值一提的，而夜晚作為充血的時間，可以打開無法示人的想像器官，去閱覽生命的所有血色。夜晚的那個有「飛舞的尾巴」的異類，與「上班族」為代表的凡人不可溝通，恰如他的夜晚甚至不可與他的白天溝通。夜晚是他的時間，他的劇場將被命名為對天使的等待，當抒情者越來越清晰地自省到這樣的框定──恰如〈天使學入門〉雖然名為「入門」，卻已是對天使認識的某個句點──他又要去往何處？

　　最近的兩年，他不再將天使這個詞邀約到詩行內。作為文本景

觀，這可供品嘗細賞，但若出於讀者與抒情者的友誼去看（儘管這有悖於目前的批評倫理），是否會生出一種對其命運的擔心？是這魔魅的情感產生了什麼反嚙性的力量？於是我們也就不得不返回開頭所提出的問題，這樣的聲音／書寫，到底來自／朝向天使還是塞壬？

四、天使與塞壬

發散著萬種光華的天使，她的沉默令人世窒悶，但美麗的塞壬同樣「擁有比歌聲更可怕的武器，那就是她們的沉默。」（卡夫卡）讓我們再注目一次〈天使學入門〉的結局：夜雨終止，清晨喚醒行人，這個角色卻囈語著「羽翼連上脊背」的法則和「第三層夢與跳躍」，他彷彿一個「玻璃傀儡」(〈偽輪迴史〉)，等待「咒語」將世界改換，直到跳入「火山的清晨」(〈偽輪迴史〉)或吞沒於「隆隆的白」(〈反預言書〉)。詩中的那位抒情者，在用自己「反覆輕淺的重生」(〈偽輪迴史〉)作為賭注，這份犧牲輕盈、堅決而快意，卻也沉重、神祕且危險。有什麼能夠如長篇累牘的經院哲學可為之作注，好比一副天梯可穩固地伸入雲端，讓人攀向天使的腳尖嗎？〈天使學入門〉未解答這個問題，〈幻聽〉、〈回首〉等也沒有。如若真的需要答案，〈木刻師傳說〉裡的創世工作或許還有待解讀，但那「觸摸世界輪廓」的「雕鑿」彷彿一條擱置的小徑，我們還未能見其延伸，就如我們不知道，在「甲蟲的廟宇」、「趟過溪水的狼群」之外，還有哪些可以刻入木刻師的宇宙？

這些思考或許能給天使與塞壬的謎題提供線索，但對天使之詩來說，不解答才是它們的的魅力所在。在擱置了及物後，抒情強度升階到最高，讓天使得以飛揚飄升在一個不能輕易觀測的位置。然而，重新回到俗世的艱難道路，卻也許是值得為之皓首的更浩大而崇高的

工作。那個曾沉浸在「正午的黑暗」的人，能重新審視天使腳下的土地，進而生長某種謹慎與追遠並存的氣質嗎？在試圖向天使接近外，那個抒情者會否轉身思考如何向世人接近？[1]「天使」在入門後隱遁，但他的世界圖景仍與之有關，在這消隱與未隱之間，晚歸者的寂寥正在發生什麼變化嗎？讓我們繼續期待吧。

2019年8月

米崇，1993年生，同濟詩社成員，城市規劃學士及文化研究碩士，作品散見於《詩刊》、《延河》等。

---

[1]　參考作者曾寫道的：「沒有別人，正是你我構成了彼此災難的天使。」

對談
「聽」與「在場」

訪　者｜張爾
受訪者｜穎川

張爾：相對於觀看，你更迷戀於傾聽世界萬物的聲音？寫作詩歌時，將對宇宙的傾聽幻化並轉向語言內部細微且精緻的節奏和一種最高虛構？

穎川：儘管「傾聽」也是一種「觀看」，但狹義上而言，我體驗世界／自我時所遭遇的那些「醒來的時刻」，的確更多源自對聲音的敏感。同樣是感官，聽覺卻遠不及視覺那樣直接、肯定和強勢。視覺如此占主導，它傳遞的信號往往不容置疑，以至於「看」的主體總是易於變得被動和麻木。而聲音卻比形象要曖昧得多，它的流逝也比可見的變遷更為劇烈、迅疾。因此需要更多的主動與專注，更多的在場感和參與意識，才能夠「聽見」。如波浪般紛至沓來的世界的聲音，邀請傾聽者展開無窮的甄別、想像和命名。這大概便是「聽」的誘惑。

但必須澄清的是，這種敏感是天生的體質，而絕非明確的寫作策略。我無意標榜「傾聽」比「觀看」更高級、更獨特。每個人有屬於他的感覺方式，而它也在不斷生長流變。也正因如此，當感受要落實於表達——也即書寫之時，我並非是在進行刻意的「幻化」，我的詩或許也並不屬於那類「最高虛構」。「幻聽」所比喻的——是真實的體驗。我在「詩的虛構」中所嘗試的，是以變形、分解、轉換、重組

等方式，賦予經驗以象徵的完形。我所關心的母題、傾注的情感、運用的語言，最終得以在這個範式之中達到平衡，是我努力的方向。

　　張爾：深圳的苦夏來得愈發早了，生活像滾燙的蒸籠，內心和外在混雜著多重沸騰與焦灼。好在前陣子密集的雨水姑且還能綿延一二，偶爾聊以滋潤。你離開深圳也一年將至，說說你在深圳這幾年的「遊歷」？上海對你而言意味著什麼？出生、親情、童年、迷霧，或從獨有的南方城市連綿雨季中傾瀉而出過一種生活與詩？

　　穎川：和深圳相反，上海的盛夏來得尤其晚，卻異常凶猛。當我以為這個七月竟會如此清涼而幾乎開始有些懷戀深圳漫長的夏日之時，熱浪便突然展開了攻勢。如此盛夏，令我再次想起去年離別之時的盛夏，它也像是我剛剛抵達深圳時的那個七月。一個「俗世的盛夏」。

　　在深圳、在八卦嶺、在飛地，我度過了青年時光中最為重要的三年。它在文學、事業、情感、日常生活等等每個重要的層面都塑造了全新的我、完整的我，也包含著其破碎。在此地的許多瞬間，那些寶貴的領悟已完全內化，必然要跟隨我的命運，成為光和引力的來源。回到上海後不久，因語境巨變和種種因素，我淪陷於文學、事業、情感、原生家庭共同編織的悖謬之中。折磨之下我曾寫道：「生活，毫無疑問，是由地理構成的。」地理的挪移使我真正離開的是一個「自我」，一種「語言」，需要花費很大的努力才有些許找回的希望。

　　我出生於上海，在上海長大，但我真正的成長都並非在這裡完成。我也不認家鄉的概念，無論身在何處，我總是不具備某種穩固的本地安全感，時常覺得疏離和漂泊。當我這一次回到上海，我的感受是古怪的，甚至帶著噁心：它像是一個初識的陌生人，卻長著和自己

相似的臉。上海對我的意義，現在我還難以看得清楚。但兩地的變遷所帶來的感受，則藏於第一輯《幻聽》的不少作品中。

我總是控制不住，夢囈般反覆想起陳東東描述張棗的一段話：「我跟他從吳江路上紅燒獅子頭出名的『東方快車』小餐館吃晚飯出來，重新走到南京路上，身陷於四周燈火通明的峽谷，張棗不免沉吟起來：上海，這座大都市裡一定會有一個真正的去處，一個真正接納詩人的去處……可是這麼個去處又在哪裡呢？」

吳江路和南京路，也是我過去未來頻繁經過的地方。可是我沒有見過「東方快車」。兩位詩人的語言和生活文本長期影響著我。面對上海的夜色，我也總是發出相似的沉吟。

張爾：你提到張棗，自然讓我想起他那首關於上海的史詩級交響曲〈大地之歌〉，對於張棗和對於上海而言，這都是一首頂尖的傑作，難以想像一個詩人以一首作品就重新賦予了一個地名或一個地方以新的文化和意義。我想，這正是詩人與地域的某種悠久且淵遠的複雜關聯。這幾年來，我也觀察和留意到，從內在的氣質到書寫的表現，你的確迷戀張棗和東東這樣的大詩人。從前輩詩人那裡，你覺得自身具體獲得過什麼，有無一種精神的指引更勝過詩歌寫作的參照？從前或當下對上海的疏離與迷失，意味著從語境和文化的層面你有意在規避上海作為一種「家鄉」的意識？作為一個詩人，你有無所謂精神的家園？

穎川：〈大地之歌〉也是最使我沉溺的張棗作品之一。除去修辭、文化等維度的詩學價值不說，僅僅是以詩中（被我所想像的）私人情緒而言，它也反覆、長久地席卷著我，彷彿清風捎來咒語時預言著綿延數月的暴雨將至。在閱讀重要的前輩詩人作品時，我們可以得

益於多種學習方式，我們當然可以留意作者處理語言的具體手段並借以參考。而我的確更在乎所謂「精神的指引」。我更傾向於越過既成的文本去回溯、想像、感受作者的語言在發生層面上所施展和面臨的力，再沿著它們抵達眼前最終的文本，實現一種「理解」。這一過程不太能夠被定義為對「詩藝」的學習，而更像是非常基本卻又特別稀有的，理解他者的方式──「傾聽」。

　　「如果沒有耐心，儂就會失去上海。」[1]我反覆念著這句本是張棗寫給陳東東的「忠告」，卻不斷疑惑著──我該對什麼保持耐心？是什麼竟使耐心成為可靠的美德？我又為什麼需要上海？我如何真正需要它？假如沒有耐心而失去了上海，我又會被迫面對什麼？如果從不曾「得到」，又何來「失去」？這句似乎攜帶著詩人間篤定信息的暗語，它所默認的前提對我而言卻完全不是自明的，是有待確認的。因此我「在語境和文化上對上海作為家鄉的規避」，其實懷疑的不是「上海」，而是「家鄉」本身。同樣的，我以為對於一個當代的體驗者，一個在當代寫作、寫詩的個體而言，所謂「精神的家園」顯得正像是「肉體的家園」一樣可疑。並不是它們「背叛」了我們，實際上，或許家園從始至終都不曾存在過。或許對我們而言真正的問題並不是「哪裡是家園？」，也不是「有沒有家園？」，而是「什麼是家園？」。

　　張爾：就文本觀察，相較於你的同代詩人，從數量上而言你寫得算少，這樣一來，近期的寫作因而也顯得在質量上更加可控了，我注意你近幾年較為有限的作品，似乎與前一階段的寫作有了變化。對你自身而言這種變化是存在的嗎？你是否嘗試在建立一種寫作或表達的

[1]　張棗：〈大地之歌〉。

個人化風格？你認為你這一代詩人是否已經各自形成一種相對清晰的
個性面貌了？順便也可以談談你認同的年輕詩人。

　　穎川：我的詩歌數量相對較少，大概與我的寫作往往在題材和情
感層面具有較長的準備期和較強的消耗性質有關。儘管近兩年來我一
直在有意避免自己因此陷入太過沉滯和保守的寫作慣性，並且也的確
在部分新作中得到一些舒展，但它畢竟已結構化為我發聲方式的一部
分，我所要做的是不斷調整自己揚長避短，發揮其在感受力深度上的
可能優勢。而另一方面，外部環境和個人心境所經歷的複雜巨變，也
使得寫作主體聲音面臨著持續的動盪。要找到一個長久的著力點變得
非常困難，乃至不可能，也不應該將此視為寫作動力學上的追求。粗
暴地歸納起來，或許就是「不願重複自己」和「無法重複自己」吧。

　　我一直刻意不去有意識地總結、塑造自己的個人化風格，是因為
我意識到自己是一個容易被「軌跡」所吸引的人。我試圖盡量讓自己
處於一個開放的狀態去感受和使用語言，而盡量少地預設風格的軌
跡。但經過一些詩友的提醒，我似乎看到自己的個人化風格是在情感
層面建立的。我不願想得或說得太明白，希望交給寫作本身去進一步
定義自己的風格，也交由讀者去感受和定奪。

　　同代詩人們的寫作，自從那些先行者發出清晰的獨特聲音之後也
已過去七、八年了，如果說我們中的優異者已然擁有著心智和寫作上
清晰的個性面貌，他們也（應該）已經遠遠不再滿足於此。清晰的個
性固然重要，但有時也只是相對於觀者而存在的，寫作者本身可能不
太也不該過於關心。當他們處理好寫作內部的關鍵問題，清晰的面貌
自會呈現，而非相反。不少更年輕的寫作者們更具語言天賦而自信滿
滿，但我以為在綜合的向度上，彼此間的分層程度和自身的顆粒度仍
顯不足。對我們來說，詩歌在各個方面所發出的期待與感召，提示著

更為嚴峻和複雜的挑戰。

張爾：說說你最近日常的狀態吧，工作，生活？目前在讀的書？以及感興趣的問題？

穎川：在新工作和新生活中，我撞到的那一堵看不見的牆依然伸手可及，但我已努力冷靜下來，有能力沿著它辨認其粗糙質地、冰涼溫度和對面傳來的振動。這些日子，我在個別強力詩人的文本中尋找能量，也讀了幾本比想像中更無聊的書但並不感到憤怒；我接觸到越來越多無趣偽善之輩，也收獲了不少尚未明朗的新友誼。我感興趣的是這些人事的走向和我的蛻變甚至異變。我感興趣的總是這些具體事物的光澤。

張爾：那麼你敏感於現實嗎？世界日新月異，我們身處的環境和社會，那些難以分辨或解讀的當下事物，你會如何洞察它們的內在？它們與你的寫作有無構成一種隱祕的關聯？

穎川：現實如同空氣，這個比喻陳舊但精準，沒有任何一種生活面對它能夠「獨善其身」，寫作當然更不可能。可也正由於現實如空氣，我們做不到時時敏感於其存在，只有在少數時刻才會意識到自己正在「呼吸」。但在我的理解中，對現實的敏感不僅僅應該存在於這些少數時刻，更應落實於身處這一環境中時所持的總體感受能力，也即「在場能力」。它構成時時在場的稀薄敏感，屏蔽著麻木的沉淪但也要避免輕浮的驚詫和慍怒。這也正是寫作所需的敏感。

我所關注的現實，卻又是那些最低層面的現實，最末終端的現實，它們存在於每一個體最為碎片化的經驗和行動之中——我經歷

它們，並書寫它們。空氣——這龐然巨物難以被任何感官完整地捕捉，更不用說被理性所把握。但它同時滲透於此處、他處、時時、刻刻中，強迫我們與其共存的同時也無法阻擋我們將其洞察。感受力和語言是我們的器官，在此意義上，寫作保證了我們正存在而不僅僅是苟活。

2019年8月

張爾，詩人，飛地Enclave創始人。著有詩集《烏有棧》、《壯遊圖》等。2018年獲美國亨利・魯斯基金會華語詩歌寫作獎勵，成為美國佛蒙特創作中心駐留詩人。

跋
俗世的盛夏

文｜穎川

　　於我而言，重新審視自己的詩歌寫作，包含著信任與惶恐的雙重感受。信任來自於在反覆回望個體獨特而重要的人生經驗的過程中，領悟於其時所欲表達的聲音仍能觸達此刻的新我，那所有過去的體驗和對體驗的觀照，在如今的我身上依舊鮮活，並且帶著這一種經驗、認識和美學的連貫性與生長性，能夠伴隨我得以繼續在這俗世力求合理地活下去。更重要的是，體認到這樣的書寫對於無數其他作為讀者的「我」和「你」或許也有意義，便以此保證了詩的寫作在最「低」的要求下得以成立，獲得哪怕微薄的力量。是的，是「觸達」而非「等同」，是「鮮活」而非「殘存」——連貫與生長意味著「我」在對「我」的繼承中，願意同時容納堅守與反撥的勢能，甚至推翻的可能性，但唯獨拒絕背叛。

　　而惶恐則源於深深的不滿足。即使是在這樣單薄的篇幅中，選出的作品，尤其在第三輯，仍有不少讀來羞愧的稚拙之作。儘管曾有朋友稱「同大多數同代詩人相比，穎川的詩作產量並不高，這也許是他詩歌中情感的高強度所決定的，因此，每一首詩的寫作都需要長時間的沉潛與緩衝」（馬驪文〈論同代人的詩歌寫作〉），但我清楚，自己的情感與企圖未必沒有遭遇過內在的中斷、失語、阻隔和困頓。儘管也有朋友勸我不必對自己的寫作過於嚴苛，但我自覺比起同代人中的優異者，還有太多急需——並非學習——而是自我更新的難關需要

突破，以真正能夠與廣義上「同代」的漢語重要新詩和詩人，展開文本及其他層面的有效對話。這絲毫不是妄自菲薄，而只為保持清醒，甚或是一種最低限度卻又恰恰足夠的野心。

感謝為我單薄的寫作撰寫評論的朋友們，他們帶來了太多鼓勵和激勉。李琬細緻耐心的解讀，幫助我重新而又更為清晰地瞭解自己寫作的總體氣質與核心主題，甚至性格中所隱藏的情結。黎衡帶有文學史視角評述的精準犀利，毓坤切入與推進的新奇獨到，米崇對「天使」的細讀，都使我在反思中收穫啟發。

最後，我想單獨就〈純淨的時刻〉贅言幾句，因為這首詩在書寫時間上相對新近，也在有意無意間，很大程度上回應著自己這一年來所面對和將要面對的，重大而又微渺的人生選擇、生活困境及心理動盪。詩題和開篇對里爾克「沉重的時刻」的致意，是在全詩寫就之後才意識到的，可它卻遠不是里爾克「是時候了」式的肯定語調，相反卻多少隱藏著對這一宣判的懷疑。同樣是「夏天盛極一時」，這裡的「盛夏」既是真實的氣候，又是自我困境的氣候，同時是某種（至少在此時看來）死氣沉沉而又庸俗地花樣百出的時代氛圍的氣候，甚至還是政治的氣候。它們「盛極一時」，而「純淨的時刻」不過是溫和的諷刺，這諷刺朝向「盛夏」也朝向「盛夏」中「我」的迷惘和眩暈。在這迷惘中，「我」所被迫長期浸淫於此的「盛夏」已化作深淵般的存在，而尼采的「深淵回以凝視」也不再確定了——很可能「凝視深淵過久」，乃至發出聲音、訴諸行為，卻仍無法得到任何形式有意義的反饋——一切都成了虛擲。

身處這樣悶熱冗長的「盛夏」，必然急迫（但又隱祕地）期待著、盼望著、召喚著「斷裂時刻」的降臨。一個衝擊的時刻，把前後一分為二。「琴手」就是類似的存在。琴聲本多是溫和舒緩的樂音，如今卻稀有以至於令人震顫。琴手或許和尋找琴手、苦等琴手的人是

同一個——同樣是充滿懷疑的，不信任的，無答案的，不從容的，但還不至於無望。他也一面相信琴手的存在，一面試探著考察自己是否也能演奏。他甚至不知道自己也是。他偶然發現自己也能彈奏卻又轉瞬失去了把握。他的日常或許形骸放浪，形容枯槁，無精打采，局促窘迫，笨拙遲緩⋯⋯或許寢食難安，作息混亂，攝入汽水量超標，身材走樣，儼然油膩的中年男人⋯⋯可當他在「盛夏」奏出好的「琴聲」，就彷彿潤雨在旱地降臨，天使在我們中閃現，莫札特的詠嘆調在肖申克監獄響起、迴蕩⋯⋯

　　我想起在深圳工作最後的時日裡，有天下班路過一處熱鬧的公園廣場舞，迎面而來的男人突然取出一支笛兀自吹起來。曲調悠揚，轉瞬即遠，難以忘懷。那也恰是我的生活即將迎來幽隱巨變的日子。已故詩人方向有一首詩名為〈尋找歌王〉，多年來我已不記得其中的字句，詩題卻常常迴響。我相信有一些詩人是可以被稱作「歌王」的，而我未必做得了，只希望自己能夠成為一位「琴手」，或者說，發現自己確實是一位「琴手」，在平凡忙碌的你我之間，在這俗世的盛夏。

2018年夏，深圳－上海

按：

　　因詩集出版週期較長，本篇〈跋〉完稿後仍有新作收入本書，如〈回首〉、〈追問〉、〈窗口〉等詩，及對談〈「聽」與「在場」〉。這些新作背後的心境與時間線或與上文截止處有所不一致，望讀者甄別。

2019年8月，上海

語言文學類　PG2295　陸詩叢06

幻聽：
穎川詩選2012－2019

作　　　者 / 穎　川
主　　　編 / 楊小濱、茱萸
責任編輯 / 石書豪
圖文排版 / 林宛榆
封面設計 / 邵君瑜
封面完稿 / 蔡瑋筠

發 行 人 / 宋政坤
法律顧問 / 毛國樑　律師
出版發行 / 秀威資訊科技股份有限公司
　　　　　114台北市內湖區瑞光路76巷65號1樓
　　　　　電話：+886-2-2796-3638　傳真：+886-2-2796-1377
　　　　　http://www.showwe.com.tw
劃撥帳號 / 19563868　戶名：秀威資訊科技股份有限公司
　　　　　讀者服務信箱：service@showwe.com.tw
展售門市 / 國家書店（松江門市）
　　　　　104台北市中山區松江路209號1樓
　　　　　電話：+886-2-2518-0207　傳真：+886-2-2518-0778
網路訂購 / 秀威網路書店：https://store.showwe.tw
　　　　　國家網路書店：https://www.govbooks.com.tw

2019年9月　BOD一版
定價：200元
版權所有　翻印必究
本書如有缺頁、破損或裝訂錯誤，請寄回更換

國家圖書館出版品預行編目

幻聽：穎川詩選2012-2019 / 穎川著. -- 一版.
  -- 臺北市：秀威資訊科技, 2019.09
    面； 公分. -- (華文現代詩；PG2295)
(陸詩叢；6)
  BOD版
  ISBN 978-986-326-726-3(平裝)

851.487   108012976

讀者回函卡

感謝您購買本書，為提升服務品質，請填妥以下資料，將讀者回函卡直接寄回或傳真本公司，收到您的寶貴意見後，我們會收藏記錄及檢討，謝謝！
如您需要了解本公司最新出版書目、購書優惠或企劃活動，歡迎您上網查詢或下載相關資料：http:// www.showwe.com.tw

您購買的書名：＿＿＿＿＿＿＿＿＿＿＿＿＿＿＿＿＿＿＿＿＿＿＿

出生日期：＿＿＿＿＿年＿＿＿＿＿月＿＿＿＿日

學歷：□高中 (含) 以下　　□大專　　□研究所 (含) 以上

職業：□製造業　□金融業　□資訊業　□軍警　□傳播業　□自由業
　　　□服務業　□公務員　□教職　　□學生　□家管　　□其它＿＿＿

購書地點：□網路書店　□實體書店　□書展　□郵購　□贈閱　□其他

您從何得知本書的消息？

　　□網路書店　□實體書店　□網路搜尋　□電子報　□書訊　□雜誌

　　□傳播媒體　□親友推薦　□網站推薦　□部落格　□其他＿＿＿＿＿＿

您對本書的評價：（請填代號　1.非常滿意　2.滿意　3.尚可　4.再改進）

　　封面設計＿＿＿　版面編排＿＿＿　內容＿＿＿　文／譯筆＿＿＿　價格＿＿＿

讀完書後您覺得：

　　□很有收穫　□有收穫　□收穫不多　□沒收穫

對我們的建議：＿＿＿＿＿＿＿＿＿＿＿＿＿＿＿＿＿＿＿＿＿＿＿＿

＿＿＿＿＿＿＿＿＿＿＿＿＿＿＿＿＿＿＿＿＿＿＿＿＿＿＿＿＿＿＿

＿＿＿＿＿＿＿＿＿＿＿＿＿＿＿＿＿＿＿＿＿＿＿＿＿＿＿＿＿＿＿

＿＿＿＿＿＿＿＿＿＿＿＿＿＿＿＿＿＿＿＿＿＿＿＿＿＿＿＿＿＿＿

11466
台北市內湖區瑞光路 76 巷 65 號 1 樓

秀威資訊科技股份有限公司　　　收

BOD 數位出版事業部

⋯⋯⋯⋯⋯⋯⋯⋯⋯⋯⋯⋯⋯⋯⋯⋯⋯⋯⋯⋯⋯⋯⋯⋯⋯⋯⋯

（請沿線對折寄回，謝謝！）

姓　　名：＿＿＿＿＿＿＿＿＿　年齡：＿＿＿＿　性別：□女　□男

郵遞區號：□□□□□

地　　址：＿＿＿＿＿＿＿＿＿＿＿＿＿＿＿＿＿＿＿＿＿＿

聯絡電話：(日) ＿＿＿＿＿＿＿＿＿＿　(夜) ＿＿＿＿＿＿＿＿＿＿

E-mail：＿＿＿＿＿＿＿＿＿＿＿＿＿＿＿＿＿＿＿＿＿